CALLISTA

D'APRÈS LE ROMAN ANGLAIS DU R. P. NEWMAN

DRAME EN QUATRE ACTES

ET SIX TABLEAUX

POUR SERVIR AUX RÉCRÉATIONS DANS LES PENSIONNATS DE JEUNES FILLES

Par J. DE LA MAGDELAINE

NOUVELLE ÉDITION

PARIS
SARLIT & Cie, LIBRAIRES-ÉDITEURS
19, RUE DE TOURNON, 19
1886

PERSONNAGES

CALLISTA, jeune artiste grecque.

AGLAÉ, jeune chrétienne.

JULIA, dame romaine, tante et tutrice d'Aglaé et de Jubette.

CÉCILE, esclave de Callista (chrétienne).

ASPARINE, esclave d'Aglaé (païenne).

ZUMA, petite esclave païenne.

JUBETTE, sœur d'Aglaé (païenne).

UNE FEMME GRECQUE.

FIRMINIUS, jeune écolier grec.

GURTA, sorcière, mère d'Aglaé.

ASPASIE et autres jeunes filles, élèves de Callista.

LE PRÊTRE CÉCILIUS.

PLUSIEURS ESCLAVES.

CALLISTA

ACTE PREMIER

Le théâtre représente un jardin ; il faut que dans le fond on aperçoive le parc des roses (ce qui doit être d'un très joli effet : si c'est à la campagne, on pourrait ménager ce fond de la scène au commencement d'un jardin.) — Une jeune fille costumée comme Pomone , et une vieille esclave, sont occupées à relever les vignes pendantes.

SCENE Ire

AGLAÉ, ASPARINE

AGLAÉ

Que faites-vous Asparine, vous n'attachez pas cette vigne, vous n'en émondez pas les branches... Le pied d'un bœuf qui passera pour le labour écrasera le raisin.

ASPARINE

Oui, maîtresse, j'y pensais, et je cache le tendron sous

le feuillage pour le préserver du soleil, seul ennemi que nous ayons à redouter.

AGLAÉ

Et pourquoi ne voulez-vous pas que je vous donne un conseil, l'esclave ne doit pas répliquer.

ASPARINE

Bonne maîtresse, quand l'esclave a de l'âge et des cheveux blancs, son avis peut prévaloir.

AGLAÉ

Je ne veux pas réprimander celle qui a pris soin de mon enfance.

SCENE II

LES PRÉCÉDENTES : UNE JEUNE ESCLAVE

LA PETITE ESCLAVE

Me voici, dame-maîtresse, vous m'avez fait demander pour la cueillette des roses, et je viens...

ASPARINE

Va-t'en adorer ta bonne déesse ; nous n'avons nul besoin de tes services...

LA PETITE ESCLAVE

Pourquoi le ferai-je ? J'aime bien autant la maîtresse qui me parle que la belle Astarté, qu'on ne voit que la nuit, au milieu des étoiles.

AGLAÉ

Je trouve Asparine peu sage, malgré son âge et ses cheveux blancs ; est-ce que tu dois encourager cette enfant à rendre hommage à une déesse, toi qui as du sang chrétien dans les veines ?

ASPARINE (*avec confusion.*)

Je ne puis l'empêcher de suivre la déesse ; tout le peuple court en foule à ses autels.

AGLAÉ

Autre chose est de l'en empêcher ; autre chose est de la pousser vers la foule ; je ne l'ai fait venir ici que pour la détourner de cette folie. Laissons-la cueillir ces roses...

ASPARINE

Belle maîtresse, jeune comme vous l'êtes, vous devriez prendre quelques plaisirs...

AGLAÉ

Je suis plus heureuse ici, au milieu de mes fleurs, que tous les amis d'Astarté... Et tu voudrais que je quittasse les champs pour courir à la ville ? Eh bien, je préfère contempler la belle nature, fille du Tout-Puissant... Ne cessera-t-elle pas l'erreur qui enveloppe le monde ? Et tu voudrais la tolérer, ingrate, toi que le Ciel a mise à l'abri des méchants, en t'amenant dans cette solitude...

SCENE III

LES PRÉCÉDENTES, JUBETTE, ZUMA

(*Elles entrent dans le fond et ont l'air de venir chercher la petite esclave.*)

JUBETTE (*à la petite esclave.*)

Que fais-tu là, Nanine, pourquoi n'es-tu pas à l'adoration ? (*La petite esclave reste interdite.*)

ZUMA (*à Jubette.*)

Vois, les furies l'ont atteinte ; elle reste muette et indécise.

JUBETTE

C'est la sorcière qui lui a jeté un charme... Demande-lui le signe. C'est comme ma sœur ; elle fait toujours ainsi : *(Elle simule le signe de la croix.)*

ZUMA

Est-ce qu'elle mange aussi les petits enfants, ta sœur ? Et la tête d'âne qu'on dit que les chrétiens adorent, où est-elle ?

AGLAÉ *(avec indignation.)*

Sortez d'ici, ce n'est pas l'antre des sorciers. *(Plus calme.)* Voyez ces fleurs jolies, ces fruits pendants ; ils sont l'ouvrage du Créateur... Vous vous trompez, si vous cherchez l'orgie... Je suis la fille de Strabon ; c'est chez elle que vous venez insulter aux chrétiens... Ne la troublez pas davantage : sortez !...

JUBETTE

Toi, la fille de Strabon, ma sœur ! Oh ! les chrétiens, ils sont venus prendre mon père ; ils l'ont emmené dans un souterrain... Et ma mère ? elle est au milieu des bois... Ma sœur ! si c'est ma sœur, elle ne me reconnaît pas... Nul ne s'inquiète de moi ; je ne suis rien pour personne. *(Elle tombe sur un banc rustique.)* Ma sœur, veux-tu de moi, je ne te parlerai pas d'Astarté.

AGLAÉ

Vous ne vous êtes point nommée ; si vous êtes Jubette, je vous donnerai la moitié de tout ce que je possède, mais à une condition : c'est que vous ne suivrez plus la compagnie des filles de Sicca, et que vous m'aiderez à découvrir la retraite de notre frère Agellius.

JUBETTE

Je ne m'inquiète guère des gens de Sicca ; je ne sais où est mon frère Agellius ; mais donnez-moi à manger, et cachez-moi dans votre jardin. Ma mère rôde sans cesse pour me trouver ; elle veut me jeter un sort.

AGLAÉ

Tu ne sais pas Jubette, où est notre frère ? Oh ! va t'en informer. Prête l'oreille... cherche dans la forêt, les antres sont béants... Et la sorcière ! Oh ! malheureux enfants, la sorcière, c'est notre mère à tous les trois.

JUBETTE

J'irai chez Ariston, je le demanderai à une jeune grecque, qui est sa sœur, et qui fait des statues de Minerve.

SCENE IV

Le jardin est clos d'une palissade, et l'on voit en dehors une foule de femmes, de filles ; ce sont des esclaves.

L'UNE DES FEMMES (*appuyant sa tête contre la clôture.*)

Eh quoi ! vous restez là à ne rien faire ? Venez voir les jeux séculaires. Pouvez-vous vous imaginer ce qui va se passer ce soir ? La magnifique plaine du territoire de la ville toute illuminée... Chaque bocage rayonnant d'une infinité de lampes et de torches étincelantes. Non, jamais les dieux de l'Olympe ne virent ni ne verront pareille chose ! Et nous danserons... et les esclaves auront leurs saturnales... Tout-à-l'heure le cortège est sorti du Capitole et s'est dirigé vers le cirque, en suivant la voie sacrée. Quels flots d'étrangers ! De beaux jeunes gens ouvraient la marche ; quelques-uns étaient à cheval, marchant six de front, puis les chevaux de courses, les chars, les pugiles, les lutteurs et les autres combattants... L'école entière des gladiateurs, maîtres et apprentis, venaient derrière eux, tous vêtus de tuniques rouges. Oh ! il fallait voir vous-même ; impossible de vous en donner une idée... Venaient ensuite un corps de trompettes et de fanfares...; des sacrificateurs avec leurs victimes, taureaux et béliers, parés de jolies bandelettes...

UNE AUTRE ESCLAVE

Ce qui surpassait tout, c'était le *Carmin séculaire*, hymne d'Horace, chanté par vingt jeunes gens nobles, et autant de jeunes vierges ; puis venaient les flamines, les augures ; c'était sans fin... et l'empereur fermait la marche lui-même !

UNE VIEILLE ESCLAVE

Autrefois, ces jeux se célébraient mieux encore.

UNE JEUNE ESCLAVE

Ta, ta, ta, bonne femme, souvenez-vous que tout ce qui fut ne vaut rien ; et que tout ce qui est, est bien.

LA VIEILLE

Vous êtes jeune, et de plus vous êtes Grecque, sorte de gens qui n'ont jamais compris les Romains ; car c'est chose difficile de les comprendre. (*Lui montrant une médaille.*) Lisez cette inscription : *toujours nouvelle;* et au revers : *impérissable.* Rome, cité éternelle, reste debout.

UNE AUTRE

Elle a l'âge de l'aigle et ne fera que renouveler ses ailes' pour reprendre son vol, à chaque dizaine de siècles.

LA JEUNE GRECQUE

Et l'Egypte, qui connaît à peine un commencement, s'il en faut croire le vieil Hérodote ; et n'entendez-vous pas aussi des histoires extraordinaires touchant les nations au delà du Gange ?

(*Pendant ce dialogue, Aglaé et ses femmes se sont assises et elles écoutent, ne pouvant comprimer l'élan.*)

LA PREMIÈRE QUI A PARLÉ

Quand je vous dis que Rome est une cité de rois... Sésostris et toute sa suite que sont-ils auprès des préfets, des proconsuls, des lieutenants, des receveurs de domaines? Voyez les Lucullus, les César, les Pompée, les Sylla, les Titus, les Trajan. Qu'est-ce que la vieille pyramide de Chéops, à côté de l'amphithéâtre de Vespasien ? Qu'est-ce que Thèbes aux cent portes, à côté de la maison dorée de Néron, quand elle était debout? (*La jeune Grecque rit.*)

UNE AUTRE

Des fontaines d'eau de rose jaillissent de nos pavements... à nos soupers, on sert des têtes d'autruche, des cervelles de paons, des foies de brêmes, des laitances de murène et des langues de flamant.

UNE AUTRE

Aux grandes solennités nous mangeons un phénix ; nos casseroles sont d'argent, notre vaisselle d'or, nos vases d'onyx, et nos coupes de pierres précieuses.

LA PLUS AGÉE

Nos matrones et nos jeunes filles brillent de la tête aux pieds, avec leurs broches, leurs peignes, leurs colliers ; et des pendants d'oreilles, des bagues, des bracelets, des ceintures et des mules chargées de diamants et d'émeraudes... Tout ce qu'il y a de rare et de précieux est apporté à Rome : la gomme d'Arabie, le nard d'Assyrie, le papyrus d'Egypte, le bois de citronnier de la Mauritanie, le bronze d'Egine, le drap d'or de Phrygie, la broderie de Babylone, les soieries de Perse, la laine de Milet... Ah ! voilà ce que c'est qu'un peuple vraiment impérial.

UNE AUTRE ROMAINE

Enfin, quand nous mourons, on nous brûle ; oui, on nous brûle sur des bûchers de cinnamone et de cassis, dans des linceuls d'amiante. Noble fin d'une brillante vie, et c'est pourquoi le peuple romain mérite d'être appelé grand.

LA JEUNE GRECQUE

Toute cette gloire qui n'est pas pour nous, chétives esclaves, ne vaut pas la poussière que soulève, à Athènes, le plus simple des chars, aux jeux olympiques.

(*Toutes les femmes s'éloignent ; Aglaé se lève et va cueillir des roses.*)

SCENE V

JULIA, AGLAÉ

JULIA, *riche matrone, entre résolument dans l'enclos, en appelant : Aglaé, Aglaé.*

AGLAÉ

Me voici, ma tutrice, que désirez-vous de votre nièce ?

JULIA

Qu'elle vienne et quitte aussitôt son jardin pour me suivre au gynécée...

AGLAÉ

Eh quoi ! quitter mon jardin, ma maisonnette ; je les tiens de mon père.

JULIA

Des fruits, des fleurs, un pampre délicat, ne peuvent suffire à une fille descendant des Etrusques... Laissez donc l'agriculture pour la statuaire.

AGLAÉ

Je ne veux pas aller à la ville ; je suis pauvre et dépourvue de talents, je possède l'héritage paternel ; c'est là que mon père en mourant a fait jurer à son enfant de préserver ces lieux de tous maléfices, en y déposant des offrandes agréables aux anges et aux saints protecteurs.

JULIA

Votre père ! Un vieux fou, chrétien à la dernière heure de sa vie. De quel poids peuvent être ses actes ? Ne songez pas à votre père ; j'ai pris sa place... Votre indigne mère se livre à la magie ; c'est une sorcière, prenez garde à ses charmes. Je dois moi-même vous en préserver, en vous emmenant dans la demeure de nos aïeux. Ainsi ne tardez pas... Suivez votre unique protectrice...

AGLAÉ

Et ces esclaves ?

JULIA (*montrant les femmes*).

Prenez-les avec vous, si vous voulez ; je les vendrai, quand elles m'embarrasseront... Vous pleurez : je ne vous plains pas; je ne plains que votre malheureux sort d'être née d'une furie.

SCENE VI

LES PRÉCÉDENTES, GURTA

(*Au même instant la sorcière fait irruption, traînant Jubette, qui pousse des cris affreux.*)

GURTA

Je la tiens ; je la tiens ! C'est ma fille. (*Regardant Julia.*) Qui es-tu ? Que fais-tu à cette place ? Veux-tu que je te fasse emporter par les furies ? Quitte à l'instant ces lieux...

JULIA

Qu'as-tu fait de ton fils, du fils de Strabon?... Où l'as-tu caché? Il faut me le rendre à l'instant Apprends que je suis Julia, la sœur de... Non, non, je ne suis pas ta sœur... Dis-moi si c'est Agellius, qui passe comme une ombre devant les portes de la ville ; ou bien si c'est toi qui le gardes dans un souterrain, où on dit l'avoir vu entrer, sans jamais en sortir.

GURTA

Je ne veux pas que tu demeures plus longtemps dans le jardin de Strabon; femme étrangère, sors d'ici...

AGLAÉ

Je suis saisie d'épouvante : fuyons.

JULIA

Je ne quitterai pas qu'elle ne m'ait dit un mot d'Agellius... Il me faut Agellius.

GURTA

Ah ! tu veux des nouvelles de ce jeune homme : ils sont tous deux sous ma griffe. La connais-tu, la fille des Grecs, célèbre par sa beauté ; je l'ai touchée avec ce bâton de noisetier, à la tête de vipère ; et elle est tombée de frayeur... C'est Agellius qui l'a rassurée... c'est lui qui a trahi sa mère ; je me suis vengée, vous ne le verrez plus.

JULIA

Quittons ces lieux, je redoute un assaut... Ce n'est plus une femme, c'est un être malfaisant ; il faut fuir.

AGLAÉ

Il faut donc nous diriger vers Sicca, et sans jeter un dernier regard sur toutes ces plantes que j'ai cultivées avec tant de soin... Et dans la chaumière, que de choses à visiter, à emporter !

GURTA (*à Jubette*)

Reste ici, elles sont parties ; nous soignerons ce jardin... (*Aglaé s'éloigne et revient sur ses pas. — On voit des figures de plâtre (simulant le marbre) suspendues aux branches des arbres, des tableaux appendus au mur de la chaumière.*)

AGLAÉ

Chère tante, seulement une minute... Laissez-moi détacher ce buste ; c'est Strabon, c'est mon père.

JULIA (*s'avançant*)

Eh quoi ! c'est là son buste ; il est tout blême, lui qui était noir comme un Ethiopien ; aussi desséché qu'un sarrasin... Lui qui préféra mourir que de jeter quelques grains d'encens sur l'autel de Jupiter... Jupiter! voilà un dieu majestueux et grand ! Et Apollon, quelle auréole ! J'aimerais voir ici tous ces portraits divins !... Allons, dépêchez-vous... que regrettez-vous donc ?

AGLAÉ

Ce sont mes saints patrons, le Sauveur et sa Mère... (*Elle détache un petit buste qui se balance à l'une des branches.*)

JULIA

Ah ! c'est une Minerve... Contentez-vous, et que tout soit fini ; partons.

GURTA

Aglaé, c'est ma fille ! (*Elle lui met la main sur le bras. — Aglaé pousse un cri.*)

(*La toile se baisse*).

ACTE DEUXIÈME

Le théâtre représente un atelier de sculpture. Elles sont dix ou douze jeunes filles, le ciseau en mains. Elles taillent le marbre. Une plus grande, au port noble, se tient debout et paraît surveiller.

SCENE Ire

CALLISTA, UNE FEMME GRECQUE, *tenant un petit garçon par la main.*

LA FEMME GRECQUE

Je viens, noble Callista, vous demander protection pour ce jeune enfant. En passant devant l'école, je l'ai entendu crier. Ces Romains ne sont pas lettrés ; et ce marmot, descendant des Hellènes, ne veut pas de la férule pour avoir bien parlé...

CALLISTA

Ce ne sont pas les Romains qui pardonnent plutôt un mauvais conseil qu'une mauvaise expression. (*A l'enfant.*) Racontez ce que votre maître vous a fait d'abord ; et j'enverrai mon frère Ariston, pour qu'il vous fasse recommander.

L'ENFANT

J'ai fait d'abord quelque chose contre le maître, et puis il a fait quelque chose contre moi.

LA FEMME GRECQUE

Ah ! je l'ai bien dit, c'est un sage garçon.

CALLISTA

Voyons.

L'ENFANT

D'abord, je fis la grimace; et le maître prit sa sandale de bois et m'en donna un grand coup sur la tête.

CALLISTA

Ensuite.

L'ENFANT

Ensuite, je parlai durant la classe, et Rupilius me mit un bâillon qui me fit tenir la bouche ouverte pendant une heure...

LA FEMME GRECQUE

O Minos et Rhadamanthe !

CALLISTA

Après.

L'ENFANT

Après, on me fit répéter ma leçon que je ne savais pas; et je reçus des coups dans le dos.

CALLISTA

Comment ! Un jeune Grec, ne pas savoir sa leçon ? Je vais prendre, je crois, le parti du maître. (*A la femme Grecque.*) Et que prétendez-vous faire de cet enfant ?

LA FEMME GRECQUE

Je veux l'élever : il fréquentera l'école du savant Palémon, et nous en ferons un sculpteur. Il faut toujours, à nous autres Grecs, faire la part des beaux arts...

CALLISTA

Alors vous ne le ferez pas jurer par le génie de Rome ?

LA FEMME GRECQUE

Je ne crois ni aux dieux, ni aux déesses, ni aux empereurs, ni à Rome. Je n'admets aucune religion, quelle qu'elle soit.

CALLISTA

Vous serez peut-être chrétienne un jour.

LA FEMME GRECQUE

Ah! ne craignez pas; je saurai faire un meilleur usage de la vie. Il me semble que ces beaux arts valent bien la peine qu'on s'en occupe exclusivement... Et je n'ai pas d'autre but que d'admirer les chefs-d'œuvre de nos brillants artistes... tels que vous, noble Callista.

CALLISTA

C'est que la gloire n'est pas tout dans la vie. Je cherche quelque chose autre que la gloire. Je ne sais... mais il y a dans l'air un souffle d'amour, et nous ne l'aspirons pas; et quand viendra la mort, nous tomberons dans un noir abîme, faute d'avoir bu à la source éternelle!

LA FEMME GRECQUE

Les philosophes n'ont pas encore dit cela... Où puisez-vous votre doctrine?

CALLISTA

Je sens en moi un grand désir de l'inconnu.

LA FEMME GRECQUE

Ce sont vos esclaves chrétiennes qui vous ont fait rêver des demeures étoilées. Il y a dans l'esprit de cette secte des idées étranges, qui sont plus rapprochées des nôtres, il est vrai, que de celles des Romains; ils contemplent en secret la beauté que Platon seul a vue de près.

CALLISTA

Nous la cherchons sans cesse cette beauté éternelle, dans les arts, dans les ravissantes harmonies de la nature... Et à Rome on n'a connu que la guerre, aimé que la richesse : jamais ils n'auront comme nous le culte des divinités tutélaires...

LA FEMME GRECQUE

Je vous quitte, noble dame, l'enfant que j'ai délivré des barbares demande son repas.

SCENE II

CALLISTA, CÉCILE, *esclave chrétienne.*

CALLISTA

Te voilà, ma Cécile. D'où viens-tu ? Qui t'a ainsi parée?

CÉCILE

Je me suis parfumée pour l'assemblée des fidèles, et les femmes qui viennent de me voir passer m'ont accablée de malédictions, disant que je hante les sorciers.

CALLISTA

Sois sans crainte, je te protège, je garderai ton secret... Ne dis rien à ces vierges timides ; ne te confie à personne : les faibles te fuiraient, les forts te puniraient... Fais ton service, je prendrai soin de toi.

CÉCILE

Si ces jeunes filles connaissaient nos mystères, les protégeriez-vous aussi ?

CALLISTA

Je ne sais de quel frein je me servirai pour ces jeunes Grecques, libres, qui viennent étudier la sculpture à mon école; mais toi, tu es à moi... Ta secte est maudite, je le sais; tu es dans l'erreur apparemment, je te garde et je te défendrai quoi qu'il arrive. Si je te laisse en liberté, c'est que tu me transmets des choses merveilleuses, qui me rappellent ma chère Clara... Ah! elle m'a élargi la pensée, ses discours ont enflammé ma tête; je ne suis plus l'amante des seuls beaux-arts; j'ai un autre amour, et je ne le connais pas...

CÉCILE

Maîtresse, voulez-vous le connaître? Venez à notre père Cécilius, il vous dira tout.

CALLISTA

Y penses-tu, imprudente! Est-ce que je puis voir de près ces rebuts de la nature, êtres innommés que je rougirais d'approcher?...

CÉCILE

Mais vous me supportez, moi, vile esclave, appartenant à cette religion que vous appelez impie.

CALLISTA

Toi, tu es comme une autre; tu agis, tu parles, tu vis selon les règles de la sagesse. Je te trouve fidèle, exacte, sûre, agréable... J'ai de toi tout le contentement possible, pourquoi te repousserai-je?

CÉCILE

Et vous n'avez pas repoussé Clara, qui était plus chrétienne que moi, dont le cœur était tout embrasé du saint amour, et qui voyait les anges du ciel dans ses songes.

CALLISTA

Clara, c'était ma douceur et ma béatitude; je n'ai jamais rencontré dans ma vie une plus chère compagnie... Je t'ai prise, parce que tu l'as connue; je t'aime à cause d'elle; mais tu n'as pas son dévouement, sa valeur artistique. Elle comprenait la Grèce. Toutes les poésies d'Homère, d'Hésiode, d'Anacréon lui étaient familières; elle maniait la harpe de Pindare, et me récitait sans hésiter les vers dorés de Pythagore.

CÉCILE

Elle savait mieux encore les saintes Ecritures.

SCENE III

LES PRÉCÉDENTES, JUBETTE

JUBETTE (*d'un air égaré*)

Je veux parler à Callista, où est Callista ?

UNE DES VIERGES

Vous me faites peur, retirez-vous... Voyez cette grande dame, c'est elle, c'est Callista; ne lui faites pas de mal au moins.

JUBETTE

Je ne suis pas un singe, ni une furie ; je ne fais de mal à personne.

CALLISTA (*se retournant*)

Qui es-tu ? qui t'envoie ?

JUBETTE

Je demeure à la ville, chez ma tante Julia. Elle veut vous parler demain, pour vous acheter des Minerve, des Vesta, un Mercure, une Junon, et la plus belle Astarté que vous puissiez avoir. Elle veut aussi des figures de démons, affreuses à voir, de petits squelettes, et autres minuties qu'il vous sera facile de lui procurer.

CALLISTA

Dis-moi d'abord qui est cette Julia et pourquoi elle ne vient pas elle-même, plutôt que de t'envoyer, toi, qui effraies mes élèves; je ne te connais pas.

JUBETTE

Eh quoi! vous ne connaissez pas la sœur d'Agellius, ce beau Romain qui a connu votre frère au Pirée, qui est à moitié chrétien, qui vous a délivrée de la sorcière Gurta, qui est le fils de Strabon, le neveu de Julia, et l'ami de Cécilius, le prêtre chrétien qui préside les assemblées dans les souterrains, et qui prie Dieu pour vous, Callista, tous les jours de sa vie.

CALLISTA

Je vous le dis encore : sortez... vous effrayez ces jeunes filles.

JUBETTE

Malédiction! malédiction! Etre la fille d'une sorcière, ça porte malheur. Allons! je ne dirai plus qu'elle est ma mère... Pourtant, ma sœur Aglaé n'épouvante pas les gens, elle : c'est que j'ai un sort... Voilà ce que c'est que d'avoir désobéi à mon père... il nous avait défendu de suivre cette femme... les autres n'ont pas été si sots... aussi on ne les met pas à la porte comme moi.

CALLISTA

Sors, te dis-je! (*Aux vierges.*) Ne vous troublez point, cette fille est insensée.

SCENE IV

LES PRÉCÉDENTES, *moins* JUBETTE

UNE VIERGE

Est-ce qu'il faut tenir prêts les objets qu'elle a demandés?

CALLISTA

Oui, descendez-les.

ASPASIE, *l'une des élèves de Callista, prend une statuette qui est sur une planchette très haute.*

CALLISTA

Cette Minerve n'est pas achevée ; je préfère celle que vous avez si malheureusement cassée ; nous la donnerons, quoiqu'altérée, elle vaut tout un musée.

ASPASIE

Je ne l'ai plus : en votre absence une jeune Romaine est venue s'en emparer, disant que vous l'aviez ordonné.

CALLISTA

Eh quoi ! vous l'avez livrée ? C'est un vol audacieux. Je fais une perte immense, et c'est vous qui l'occasionnez.

ASPASIE

Pardonnez, Callista, et vous serez consolée, quand vous saurez que c'est l'empereur lui-même qui a voulu posséder ce chef-d'œuvre.

CALLISTA

L'empereur ! Comment ? qui l'a instruit de mes travaux et de ma profession ? Pourquoi sait-il ma demeure ? Qui m'a trahie enfin ?

ASPASIE

Je ne sais ; mais se peut-il qu'on ignore qu'Ariston et sa sœur ont formé dans Sicca des élèves déjà renommés, et que leurs statues ornent les portiques des temples ?

CALLISTA

Je quitterai ces lieux ; j'irai revoir la Thessalie, sanctuaire des muses législatrices. J'ai cru ranimer ma pensée flétrie par les tristes déclamations des sophistes, et retrouver dans les écoles latines cette franchise de sentiments qui avait disparu au milieu du scepticisme de la philosophie ; mais je ne saurais perdre mon indépendance, elle m'est trop chère ; je suis Grecque, je ne serai jamais Romaine !

SCENE V

LES PRÉCÉDENTES, JUBETTE *et* JULIA, *suivant à quelque distance.*

JUBETTE (*avec vivacité*)

Voici Julia; elle m'a dit de vous prévenir de sa visite; je lui servirai de bête de somme pour emporter ses dieux. Souffrez-moi un instant, je n'offenserai qui que ce soit, ni mortels, ni immortels!

ASPASIE

Je frémis...

JULIA (*elle va droit à Callista*)

Je viens, sous la recommandation du célèbre Palémon, visiter votre atelier, et vous demander quelques instants d'entretien.

CALLISTA

Cette fille (*montrant Jubette*) m'a dit que vous désiriez faire un choix parmi les divers objets qui sont dressés sur les planchettes... Je ne puis retenir ce qui est devenu le domaine du commerce... Tous ces ouvrages ont été exposés; on les a remarqués, et l'on a fait enlever à mon insu ceux qui plaisaient à l'empereur. Je ne voulais pas de cette publicité... n'importe, je m'y soumets.

JULIA

C'est un prétexte pour annoncer ma visite : vous savez que la maison de Julia, héritière du vieux Jucundus, est fournie abondamment de toute sorte d'objets. Les chefs-d'œuvre mêmes de Callista ne lui manquent pas. Ce qu'elle veut, Julia, c'est d'avoir avec vous, célèbre Callista, un entretien au sujet de mon neveu Agellius, celui qui est l'ami d'Ariston.

CALLISTA

Il fallait mander mon frère, il vient toujours répondre pour moi.

JULIA

Il convenait à une matrone considérée dans Sicca de se présenter devant vous, belle et savante étrangère, pour vous faire des propositions honorables, et mille fois avantageuses, pour celui qui m'a donné mission.

CALLISTA

Que voulez-vous dire?

JULIA

Agellius, mon neveu, est appelé à me succéder; il veut devenir un des plus puissants négociants africains qu'on ait encore vus. Sa religion, qu'il n'avoue pas, lui permet, dit-il, de faire choix d'une Grecque pour son épouse. J'ai son mandat; je viens... Daignerez-vous me donner une espérance?...

CALLISTA

Je ne sais ce que c'est qu'une religion qu'on n'avoue pas, et qui permet à un Romain d'épouser une Grecque. Eh bien! je le vois, cet Agellius est sous un charme... et il trouve un moyen terme. Dites-lui que la jeune Grecque veut avant tout la franchise... Elle n'a pas encore songé à former une alliance. Dites à Agellius que je le remercie du courage qu'il a montré en me délivrant de la sorcière de la forêt... mais je n'ai pas d'espérance à vous donner. Je suis étrangère ici; et j'ai résolu de retourner en Grèce. Les dieux de Rome ne me sont pas propices.

JULIA

Je suis au désespoir! C'est cette furie (*montrant Jubette*) ici présente qui cause mon malheur! Je ne serai pas plus longtemps importune... je vous quitte... S'il osait plaider lui-même sa cause? Mais ne craignez pas, son respect est grand... Il ne franchira pas le seuil d'une demeure qui est sous la garde de Minerve.

CALLISTA

Agellius est l'ami de mon frère, et le frère protège la sœur. Adieu, noble Julia, permettez-moi de retourner à mes élèves. (*Julia se retire en saluant profondément.*)

SCENE VI

LES PRÉCÉDENTES, *moins* JULIA *et* JUBETTE. *La sorcière* GURTA *entre comme un tourbillon.*

GURTA

La voilà! la voilà! la sorcière de la forêt... Ah! la sorcière! Tu sauras, Callista, qu'il n'y a de sorciers ici, dans Sicca, que les Grecs... Et pour te montrer que je suis au-dessus de toi, je vais te donner un échantillon de ma puissance... Quant à ce misérable Agellius dont tu vantes le courage, il est perdu pour toi; je l'ai jeté dans l'antre aux furies, tu ne le verras plus, ni toi ni ses sectaires; et par ma permission, il deviendra semblable à cette hébétée de Jubette, qui rôde partout pour jeter des sorts... Méfie-toi; mais, en attendant, je vais t'en faire voir des petites hirondelles du pays des scorpions... As-tu vu dans sa fraîcheur le jardin d'Aglaé, et ses roses et ses grenadilles? Eh bien! après mon coup de baguette, il paraîtra à tes yeux sec comme un buisson d'épines. Et tu ne me chasses pas? tu ne lances pas tes belles filles sur la vieille Gurta? Ah! elles ont peur, et toi aussi. Je m'en vais. (*Elle sort. On entend un grand bruit dans l'atmosphère; le ciel s'assombrit, il devient tout noir... Une pluie affreuse de sauterelles jette partout l'épouvante... Les jeunes filles se serrent les unes contre les autres.*)

(*On peut simuler cette pluie avec du papier brun découpé qui tombe sur un vitrage*).

La toile se baisse. — Peu après elle se relève et l'on voit un jardin sec et désolé. — Callista s'y promène à grands pas; elle est triste, atterrée.)

CALLISTA

Eh quoi! tout est détruit... tout est devenu sec et aride... Si je regrette mes modestes plantes, qui retrouvera le parc des roses et les vignes nouvelles du jardin d'Aglaé? Méchante furie! Quelle est donc ta magie? Clara m'a dit que l'âme qui se sépare de l'éternel amour est un champ désolé, une lande aride où les petits oiseaux n'osent pas se reposer. Je l'ai perdue cette compagne de ma vie, et le vent de la solitude a desséché mon âme!

SCENE VII

LA PRÉCÉDENTE, LES VIERGES

(*Toutes les vierges entrent dans le jardin; elles entourent Callista; elles sont consternées.*)

ASPASIE

Chère maîtresse, ne nous quittez pas. L'Afrique, c'est la patrie romaine; et Rome, c'est l'univers entier.

CALLISTA

Fuyez! fuyez! J'entends Gurta.

(*La toile se baisse*).

ACTE TROISIÈME

Le théâtre représente l'appartement de Callista ; il est simple et dans le goût antique.

SCENE Ire

CALLISTA, *seule*

Cette vieille esclave qui disait à mon frère : « Jouissez pendant que vous êtes jeune. » Je suis jeune, moi, et mon temps est passé...; mais je n'ai rien à regretter, et je puis voir sans crainte les bords de la rivière qui entoure le royaume de Pluton... Je sens la brise rafraîchissante de la nuit du tombeau, et je songe aux plaisirs qui me reviendront ; puis je compte les algues qui garnissent les rives, et les vagues paresseuses qui roulent et roulent toujours... J'entends retomber en cadence les rames de Caron, le nautonnier des âmes ! Ah ! la jeunesse a plus à craindre que la vieillesse n'a à déplorer... L'avenir pèse plus que le passé. La vie est plus douce que la mort n'est amère ! car il est triste de quitter la lumière, la lumière du Ciel !

SCENE II

LA PRÉCÉDENTE, CÉCILE

CÉCILE *entre, tenant une lettre qu'elle remet à sa maîtresse.*

CALLISTA, *lisant*

Je l'attendais... Est-ce que tu connais cette sœur

d'Agellius ? Elle se nomme Aglaé... une bergère de Théocrite... Oui, je veux bien lui parler... Je ne sais quel message elle a à me transmettre... mais je préfèrerais être seule. J'avais des pensées qui me charmaient dans ma tristesse... et tu m'as troublée, ma petite Cécilia.

CÉCILE

Alors je me retire.

CALLISTA

Non, reste, reste ; parle-moi de la Grèce... Belle lumière, ciel transparent, soleil radieux, qui vous reposez chaque matin sur le sommet neigeux de l'Olympe ; vous seriez l'objet de mon adoration, si toutefois Callista adorait quelque chose ; mais pour le moment je n'adore rien ; je suis fatiguée...

CÉCILE

Oui, cet air diaphane et élastique, cette brise tempérée, cette mer majestueuse, ne se retrouvent pas ici... L'Afrique n'est pas la Grèce... O maîtresse, c'est la nostalgie qui vous a atteinte.

CALLISTA

Oui, sans doute, les funestes rosées m'accablent, les bêtes hideuses, les marais pestilentiels, les plaines immenses m'oppressent et m'inquiètent. Je ne vois pas mon chemin dans ces sentiers profondément encaissés... Oh ! combien je préfère les horizons de montagnes, aux teintes douces, claires et délicates.

CÉCILE

Ne vous laissez pas aller à la tristesse ; il est un Dieu qui habite en tous lieux.

CALLISTA

Tu parles comme Clara ; mais personne ne m'a fait voir ce Dieu puissant. Je n'ai vu qu'une race d'hommes pires encore que tout le reste. Ici, les cœurs sont aussi noirs que les sourcils, et les sourires aussi perfides que les serpents... Où est le génie de notre belle patrie ?

CÉCILE

Il n'y a pour personne de pays comparable au sien. Les hyperboréens prennent leur parti de ne pas voir le soleil qui est votre dieu ; et vous, ici, vous vous plaignez de la rigueur de ses rayons !

CALLISTA

Le soleil de la Grèce est une lumière ; le soleil de l'Afrique est un feu ! (*Comme se parlant à elle-même.*) Où sont les îles des bienheureux ? Elles sont éparses dans la mer Egée. Où se trouve le profond repos de l'Elysée ? Il est dans la vallée qu'arrose le fleuve Pénée. (*A Cécile.*) Je crois que si j'étais chrétienne, la vie me serait plus supportable.

CÉCILE (*avec véhémence*)

Supportable ! elle vous serait plus douce que ce profond repos de l'Elysée, que ce séjour des îles enchantées de la mer Egée.

SCENE III

LES PRÉCÉDENTES, AGLAÉ, *tenant un superbe bouquet.*

CALLISTA (*allant au-devant d'elle*)

Je vous attendais... Je sais même ce que vous avez à me communiquer. Vous êtes la nièce de Julia, c'est du moins ce que porte votre message... Vous plairait-il de me dire à qui vous destinez ces fleurs ?

AGLAÉ

A vous-même, Callista, c'est un présent de l'année qui vient de s'ouvrir, et une vraie résurrection de la nature après le fléau des sauterelles qui nous a tout enlevé.

CALLISTA

Oh ! je l'ai vu cette calamité. (*Prenant le bouquet.*) Nous les offrirons à notre Pallas athénienne, qui protége nos beaux-arts.

AGLAÉ

C'est pour vous seule, Callista, que j'ai choisi ce qu'il y avait de plus beau dans le jardin d'Agellius ; acceptez-les de la part d'une jeune fille qui a du goût pour la culture des fleurs, comme vous en avez pour la sculpture.

CALLISTA (*regardant son bouquet, doit montrer chaque fleur à mesure qu'elle la désigne, ce qui doit être fait avec beaucoup de grâce*)

Sont-elles belles et odorantes !... la rose rouge, le lys majestueux, le royal œillet, le moly doré, la pourpre amaranthe, la verte bryone, le diosanthos, le sertule, la modeste lavande, emblèmes réels et frappants de Callista. Dans quelques heures, elles perdront leur éclat, et deviendront de plus en plus semblables à elle... Aglaé, vous êtes chrétienne, je crois... J'avais un jour une esclave de votre religion. Je n'ai jamais vu, ni avant ni après elle, une personne qui lui ressemblât. Elle ne s'inquiétait de rien, et cependant elle n'était ni morose, ni chagrine, ni dure de cœur. Elle mourut jeune, à mon service. Peu de temps avant sa mort, elle eut un rêve ; elle vit une foule d'ombres... elles ressemblaient aux Heures qui entourent le dieu du jour; elles étaient couronnées de fleurs et se disaient les unes aux autres : Elle aussi doit recevoir son présent... Elles la prirent par la main, et la conduisirent vers une très belle Dame, aussi majestueuse que Junon, aussi douce qu'Ariane, d'une figure si rayonnante, qu'elles-mêmes, les vierges, qui avaient des couronnes blanches, parurent subitement à ses côtés des Ethiopiennes. Cette Dame était couronnée d'étoiles : Elle dit à Clara : « Voici, ma chère, quelque chose de mon fils pour vous. C'est une rose rouge, pour votre amour ; un lys blanc, pour votre angélique pureté ; des violettes pourpres et des palmes vertes, pour orner votre tombeau. » Est-ce pour la même raison que vous me donnez des fleurs, afin que je puisse prendre rang avec Clara ?

AGLAÉ

Ce serait le désir le plus ardent de mon cœur et c'est ma plus vive espérance. Le jour pourra venir où vous recevrez une couronne semblable... une plus belle encore.

CALLISTA

Et vous êtes venue, sans doute, pour m'instruire dans votre religion, et me mettre en état de mourir comme Clara... Je vous demande bien pardon du reproche ; mais vous m'offrez des fleurs, ce me semble, non pour embellir ma demeure, mais pour orner mon lit funéraire.

AGLAÉ

Ces fleurs ont un langage ; elles peuvent vous dire les vœux de celui qui prie sans cesse pour vous amener aux pieds du maître qu'il sert et qu'il aime.

CALLISTA (*vivement*)

Et il m'envoie dire un mot pour son maître, et deux mots pour lui-même.

AGLAÉ

Permettez, Callista, que je vous exprime l'état d'esprit de mon frère ; il ne désire qu'une chose : c'est de vous faire connaître un bien au-dessus de tout bien, et que vous êtes faite pour apprécier.

CALLISTA

Qu'il me fasse connaître ce bien.

AGLAÉ

Agellius m'a dit de vous faire part des réflexions sérieuses qu'il a faites depuis qu'il a eu l'honneur de vous être présenté. Quand il parle à votre frère et à ces hommes savants qu'on appelle des philosophes, il ne les comprend pas, et eux ne le comprennent pas davantage. Ils vivent dans des sphères toutes différentes ; mais, à son grand étonnement, il trouve entre vous et lui une seule et même pensée, et il attribue cela à de mystérieuses influences, qui doivent vous porter à jeter les yeux sur lui, et qui vous conduiront sûrement à vous jeter aux pieds de son Dieu !

CALLISTA (*avec des larmes dans la voix*)

Son maître ! Quel est ce maître ? Que savais-je de lui ? Que m'en a-t-on jamais dit ? Je suppose que je ne suis pas digne d'étudier sa doctrine... Agellius est venu ici, maintes fois ; il parlait librement, à mon frère et à moi, d'une foule de choses, et cependant je n'en sais pas plus sur son Dieu, que s'il ne fût jamais venu sur la terre. Je sais que ce Dieu est mort, et je sais aussi que les chrétiens le disent vivant... mais où est donc l'île fortunée qu'il habite ? Toutes les fois que je le lui ai demandé, Agellius a détourné la conversation ; et s'il dit que j'ai les mêmes aspirations que lui, qu'a-t-il fait pour les satisfaire ? En un mot, qu'a-t-il fait dans l'intérêt de ce maître, où il veut me conduire ?... Ah ! ces désirs qu'il reconnaît en moi, il les a exploités pour lui-même et non pour Dieu, et il en a pris soin comme s'il en eût été lui-même l'auteur et l'objet.

AGLAÉ

O Callista, vos paroles ont une force qui pénètre mon cœur et m'accable de confusion.

CALLISTA

J'achèverai de vous confondre. Vous faites profession de croire en un seul vrai Dieu et de rejeter tous les autres ; et vous prétendez que la main, que l'ombre de ce Dieu est sur mon esprit et sur mon cœur... Quel est ce Dieu ? Où est-il ? Comment et en quoi existe-t-il ? Oui, Aglaé, votre frère veut se mettre entre lui et moi... il se sert de lui comme d'un moyen pour parvenir à son but.

AGLAÉ

O Callista, mes oreilles ne me trompent-elles pas ! Désireriez-vous réellement connaître le vrai Dieu ?

CALLISTA

Ne vous méprenez point... Non, tel n'est pas mon désir. Je ne saurais appartenir à votre religion. O dieux ! comme je suis déçue ! Je croyais que tout chrétien était semblable à Clara, et que la première pensée d'un chrétien était de faire du bien aux autres ; et je croyais que le plus cher désir de son cœur était de faire partager à tous son heureux état... et en voici un qui, loin de se trouver lui-même heureux, croit que je puis le rendre tel. Il vient à moi, à moi, Callista, pauvre herbe des champs, faible roseau exposé à tous les vents, et courbant la tête sous les ardeurs du soleil ; il vient à moi, pour y trouver l'appui que cherche son cœur ! Il me fait pressentir d'heureux jours ; mais puisqu'il n'a pas assez de bonheur pour lui-même... il n'est pas étonnant qu'il n'en ait pas à donner. Hélas ! hélas ! je suis trop peu avancée dans la vie pour connaître cette maxime que les sages prononcent en mourant : « Vanité et illusion... » O Agellius ! comme mon cœur a battu quand j'entendis pour la première fois qu'il était chrétien ; je pensais à celle que j'ai perdue, et je crus la voir en lui. Oui, il en était ainsi. Les paroles de votre frère, son maintien, différaient totalement de ceux des autres qui m'ont recherchée, et quel ne fut pas mon désappointement, quand je découvris à certains signes qu'il aspirait à moi et non à son Dieu... qu'il n'avait en vue que sa propre satisfaction, et non ce Dieu puissant ! Aussi la religion de Clara est un rêve ; j'ai cru pendant quatre ans qu'elle était une réalité ; mais, encore une fois, tout n'est que vanité. J'avais espéré qu'il y avait quelque chose de plus que je pouvais voir... Mais il n'y a rien.

Me voici avec des désirs infinis, avec un cœur qui déborde, avec des affections ardentes, dans l'attente de je ne sais quel objet qui prenne possession de moi. Je ne saurais vivre sans quelque chose sur quoi je trouve à me reposer... Je ne puis me vouer au culte de cette froide lune dont les rayons ne font que me glacer... Je ne puis sympathiser avec cette majestueuse troupe de vierges que Rome a placées sous les auspices de Vesta ; il me faut quelque chose à aimer ! Que peut Agellius ? Il y a une chose meilleure que toute autre, que je croyais pouvoir attendre de lui ; mais c'est une ombre, il n'y a rien à donner... Il lui fallait comme à moi quelque chose à aimer, et il lui a été impossible de trouver rien de mieux que Callista.

AGLAÉ

Pardonnez, Callista, si je vous ai dit involontairement quelqu'injure. Vous m'avez toutefois rendu le bien pour le mal... Vous avez été un instrument de miséricorde envers nous. Ne supposez pas un instant que ce que vous avez pensé de la religion chrétienne ne soit pas vrai... Elle dévoile un Dieu présent qui remplit toutes les affections du cœur. Oui, c'est un maître dont l'amour est plus fort que tout amour créé... et certes vous êtes destinée à son amour ! J'irai dire à mon frère qu'il n'eût jamais dû être le rival du véritable Seigneur. Maintenant adieu, chère et noble Callista, je vous laisse sous la protection de Celle que votre chère Clara a vue en songe ; c'est la mère du Dieu fait homme, mort et ressuscité pour nous.

CALLISTA *salue et reste pensive. — Aglaé sort.*

SCENE IV

CALLISTA, JUBETTE

JUBETTE *de dehors, frappe*

CALLISTA

Qu'on entre.

JUBETTE

Je vous salue, noble dame, daignerez-vous me parler.

CALLISTA

Si vous n'étiez la sœur d'Aglaé, je vous ferais sortir à l'instant ; j'ai besoin d'être seule : mais je vous écoute : parlez.

JUBETTE

Je vous apporte un topique qui doit assainir les cours,

les chambres basses, les puits ou citernes, que ces bêtes malfaisantes ont corrompus.

CALLISTA

Tu as vu, toi, ces affreuses sauterelles; raconte-moi leurs évolutions.

JUBETTE (*avec volubilité*)

Elles s'avancèrent vers Sicca et s'abattirent sur les murs et les fossés; elles franchirent le parapet et entrèrent librement par les fenêtres des habitations, pénétrèrent dans les appartements les plus secrets et les plus somptueux. Les jardins, les myrtes, les orangers, les grenadiers, la rose, l'œillet, tout a disparu en un clin-d'œil... elles se sont reposées au milieu des banquets, rampant sur les mets, et souillant ce qu'elles ne dévoraient pas... Elles se sont dirigées vers le marché, fondant sur les objets destinés aux sacrifices, remplissant les boulangeries et les restaurants, les boutiques des confiseurs... partout où l'homme a quelque chose à boire et à manger; elles y sont venues insouciantes de la mort, et certaines de trouver une proie.

CALLISTA

Enfin elles sont parties, et les habitants de Sicca commencent à compter leurs pertes.

JUBETTE (*piteusement*)

Où va-t-on trouver maintenant les grains, les melons, les dattes, les courges, les fèves, etc., avec quoi paiera-t-on les taxes et les contributions, la capitation, les droits sur le blé; comment nourrir le bétail qui doit fournir aux sacrifices et à la table des dieux?

CALLISTA

Les dieux nous abandonnent; quels forfaits ont provoqué leur courroux! Une nouvelle calamité nous menace. Nous allons avoir la peste, et bientôt après la famine...

SCENE V

LES PRÉCÉDENTES, CÉCILE

CÉCILE

Maîtresse, il y a un grand mouvement dans la ville. Le peuple se révolte ; il ne retrouve plus ses ruches d'abeilles, ni les feuilles blanches de la camomille, qu'il fait infuser dans de l'huile, et il crie : « Nous avons faim, que devenir ! D'où nous vient ce courroux des dieux ? » (*On entend du bruit au dehors.*) — « Du pain ! du pain ! Faites-nous place !... »

CALLISTA (*à Cécile et à Jubette*)

Allez, fermez les portes... c'est une crise... elle va passer. (*Nouveau tumulte.*) — « Les chrétiens aux lions ! les chrétiens aux lions ! Vive l'empereur ! Vive Dèce ! Voilà le décret : mort aux chrétiens ! »

CÉCILE

J'ai peur !

CALLISTA

Que crains-tu, Cécile, tu es chez moi ; on ignore ton existence, je te protégerai ; mais je crains pour les autres, pour Agellius et sa sœur Aglaé ; cette fille m'a parlé comme Clara ; j'ai refusé leurs propositions ; mais je les affectionne, je ne veux pas leur perte... (*On frappe.*)

CÉCILE (*toute tremblante*)

Faut-il ouvrir ?

CALLISTA

Ouvre ; c'est mon frère, sans doute.

SCENE VI

LES PRÉCÉDENTES, CÉCILIUS

CALLISTA (*allant à Cécilius avec respect*)

Vénérable vieillard, père du peuple chrétien, vous venez chez une pauvre fille qui ne peut vous secourir.

CÉCILIUS

Qui êtes-vous donc pour m'adresser de telles paroles ?

CALLISTA

Ignorez-vous les bruits sinistres, les cris de mort qui sont proférés contre les chrétiens... Vous me demandez qui je suis ? Je ne suis pas chrétienne ; mais vous, mais Agellius. Ah ! je le sens, vous vivez sous une même loi, et c'est contre vous tous que s'élèvent les clameurs populaires. Avez-vous entendu la foule hideuse, altérée de sang ?... Ils ont passé là, sous mes fenêtres. (*Montrant les vierges.*) Regardez ces jeunes filles, elles sont presque mourantes de frayeur.

CÉCILIUS

Celle qui témoigne tant d'intérêt aux chrétiens doit avoir dans le cœur quelqu'étincelle du feu divin.

CALLISTA (*entendant de nouveaux cris*)

Partez, fuyez... ils viennent : allez prévenir Agellius.

CÉCILIUS

Ne craignez pas... Agellius a été conduit à une retraite sûre, et moi je saurai me garantir : calmez-vous, fille de Dieu. Encore une fois je vous demanderai : Qui êtes-vous ?

CALLISTA

Je ne suis pas chrétienne ; je travaille pour les temples.

CÉCILIUS

Dites : pas encore chrétienne.

CALLISTA

Il faut être née dans cette religion pour l'admettre et y vivre. C'est une très belle conception, d'après ce que j'en ai entendu dire ; mais il faut avoir sucé sa doctrine avec le lait de sa mère...

CÉCILIUS

S'il en était ainsi, elle n'aurait jamais pu entrer dans le monde.

CALLISTA

Cette religion semble trop belle pour être autre chose qu'un rêve.

CÉCILIUS

Et si ce rêve était une réalité, qu'il pût consoler vos tristesses, adoucir vos tourments, contenter vos désirs, vous rendre heureuse enfin, vous croiriez à ce rêve, et vous ne voudriez pas qu'il s'évanouît ?

CALLISTA

Voilà précisément ce qu'une de mes esclaves avait coutume de dire, et Agellius lui-même m'a tenu ce langage. Quel est donc votre objet, votre amour ? O docteur de cette religion, pourquoi êtes-vous si mystérieux, si réservé ?

CÉCILIUS

Nous n'avions pas assez de mérites, pour aller à celui qui est seul immuable, éternel ; et pour nous attirer à lui, il s'est montré à nous... *Il s'est fait homme.* Le voilà l'objet de notre culte, de notre amour !

CALLISTA

Ah ! aussi jamais elle ne me parlait de son maître sans une vive émotion. (*Se parlant à elle-même.*) Ah oui ! un être aimé et idéal, c'est du mystère... c'est le seul beau... tantôt incorporé dans une substance, tantôt n'existant que dans notre imagination. Voilà ce que je ne puis saisir.

CÉCILIUS

Celui-là, notre Dieu, aime chacun de nous, comme s'il n'y avait personne autre à aimer ! il est mort pour chacun de nous, comme s'il n'y avait personne autre pour qui il dût mourir. Plus nous nous approchons de lui, plus il se pose en vainqueur ! Ici-bas, ce sont des fiançailles ; dans les cieux, des noces éternelles !... Ainsi, ma fille, allez à lui, quittez la créature pour le créateur.

CALLISTA (*fondant en larmes*)

Impossible, mon père, impossible ! Je suis une enfant de la Grèce ; je n'ai pas d'autre patrie, pas d'autre dieu que mes dieux ! (*On entend un grand bruit.*) Prêtre du Seigneur, l'ennemi est là... (*Le bruit continue ; on entend ces mots : —* « Les chrétiens aux bêtes ! Il est entré ici : c'est l'infâme Cécilius, il a voulu jeter un maléfice sur cette jeune Grecque qu'il attache, malgré elle, à sa secte maudite. Il faut les prendre, nous les ferons interroger...)

(*La toile se baisse*).

(Il est très facile de faire entendre ces cris et toutes ces expressions furieuses, sans qu'on voie personne).

ACTE QUATRIEME

LES CATACOMBES

C'est une salle ronde ou carrée ; elle est voûtée. Pour luminaire, des lampes de terre reposant sur des pierres ou planchettes. Dans le fond un autel. Des chandeliers de fer ; deux seulement. Devant l'autel un fauteuil pour le prêtre. Dans la salle quelques siéges pour les fidèles. — Pas une statue : la statuaire étant proscrite aux premiers siècles de l'Eglise. Mais dans le fond, on voit les portraits de Notre Seigneur et de la Sainte Vierge. Il y a deux ou trois femmes agenouillées sur la terre ; et par une porte du fond, on voit se presser une foule pieuse et recueillie. — (Il y a là une foule de personnages muets. En faisant tout noir, avec quelques lampes allumées, on peut voir passer des ombres ; les mêmes peuvent entrer et sortir, pourvu qu'il y ait silence et mystère !)

SCENE Ire

CÉCILIUS *vient prendre place sur le siége qui est devant l'autel.*

O mes enfants, que mes prières s'élèvent vers le Ciel, du fond de ces mystérieux souterrains... Songeons qu'en ce moment, dans la ville de Pierre, des milliers de chrétiens prient sous les voûtes humides des catacombes... Il nous a été donné ici, dans cette cité africaine, de cacher nos mystères aux impies... Mais loin de trouver parmi les fidèles des âmes faibles et découragées, nous voyons entrer dans le bercail des brebis étrangères au troupeau du vrai pasteur... J'ai eu une mission à accomplir, le Seigneur y a répandu ses grâces avec abondance. Instrument de sa miséricorde, j'ai obtenu de visiter dans sa prison la jeune artiste grecque, que les soldats ont prise et emmenée devant les juges, afin qu'elle rende compte de sa foi! Je veux pour l'édification des fidèles raconter comment s'est opérée la conversion de Callista : Le premier jour que je la vis, je lui remis le texte sacré... A peine l'eut-elle reçu, qu'une douce vision céleste s'empara de ses sens... elle tressaillit de joie, et me remercia de ce que je lui procurais l'initiation à nos mystères. — « Lisez la vie du Sauveur des hommes, et quant à la connaissance de nos mystères, c'est le prêtre, c'est moi, votre père, qui vous y admettrai. » — Après cet entretien on me mit dans les fers. Callista fut conduite à un homme connu dans Sicca comme un savant philosophe. — « Etes-vous chrétienne? lui dit Palémon. » — « Je n'ai jamais dit que je l'étais, répondit-elle. »—« Vous ne voulez pas vous avouer chrétienne, et vous refusez de sacrifier ? »—« C'est mon malheur, dit-elle, je le sais ; je perds à la fois ce que je vois, et ce que je ne vois pas. » Puis Callista demanda à Palémon : — « Croyez-vous en un seul Dieu ? » — « Certainement, répliqua-t-il, je crois en quelque chose d'éternel existant par soi-même. »—« Eh bien, dit Callista, ce Dieu, je le sens dans mon cœur ; il me dit : Fais ceci, ne fais point cela. Quand je lui obéis, j'éprouve une satisfaction ; quand je lui désobéis, je suis triste. Oh! puissé-je le trouver, ce premier et seul bien. . Je ne te possède pas, et j'ai besoin de toi; je ne suis pas chrétienne, car je l'aurais trouvé. » Et elle ajouta en soupirant : — « Jamais je n'adorerai César ! Ce moteur invisible n'aura-t-il pas quelque chose à vous dire en particulier, ô Palémon! » — « Epargnez mes oreilles, dit cet homme ; je ne suis pas venu pour être insulté. » Esprit pauvre, aveugle, infortuné, pervers. C'est ainsi que la malheureuse enfant ne pouvait dire : « Je renonce à Jupiter » ; et ne pouvait dire non plus : Je suis chrétienne! Et elle resta longtemps ainsi combattue. Je continuai mes visites. On m'ouvrait facilement les portes de sa prison, quand on eut ouvert la mienne... la rigueur des juges ayant fléchi pendant les fêtes des moissons... Un jour, plus pressée que jamais de connaître la vérité : — « Venez, mon père, venez, pour m'expliquer le livre sacré... Vous m'avez dit que je ne saurais l'interpréter... et je veux en connaître le sens... Auparavant baptisez-moi; je m'engage à tout ce qu'il plaira à Dieu de m'imposer. Je veux être chrétienne à tout prix ! » — « Callista, lui dis-je, vous ne savez pas tout ce que vous aurez à souffrir, si vous recevez ce don d'en haut, cette perle précieuse que peu se mettent en peine de chercher. » — « Dieu a déjà fait de grandes choses pour moi... je ne suis plus ce que j'étais... et le baptême fera plus encore. » — « Eh quoi ! mon enfant, vous allez être livrée à vos persécuteurs pour être le jouet du démon ! » — « Mon père, j'accepte tout. Donnez-moi une place dans l'assemblée de vos fidèles ; amenez-moi aux pieds de Jésus, le fils de Marie. Donnez-moi mon amour ! » Elle reçut le saint baptême, la confirmation et l'Eucharistie, et bientôt son martyre couronnera ces dons... Si on lui accorde un jour, elle viendra ici pour assister à la prière ; elle veut connaître l'Eglise de la terre, avant de voir dans les cieux le triomphe des élus ! Commençons en cet instant par la lecture des saintes Ecritures, et si Dieu permet que nous voyions ce chef-d'œuvre de la grâce, nous bénirons sa bonté par des chants. — (*Les fidèles se lèvent ; Cécilius prend le saint Evangile ; il l'ouvre, et l'on voit apparaître Callista, toute vêtue de blanc ; les vierges blanches aussi l'accompagnent. Au moment où elles entrent, Cécilius va promptement du côté de la porte ; il étend les bras.*) — « Les choses saintes sont pour les saints ! Retirez-vous, filles païennes, et qu'un jour la même grâce vous soit faite, alors les portes du saint temple s'ouvriront pour vous. » (*Les vierges restent au dehors ; elles ont le front baissé.*) — (*On entonne un cantique d'actions de grâces. Après les chants, les fidèles se rangent autour de la table, où ils déposent les mets qu'ils ont apportés. Ils prennent le repas des agapes ; Callista dit le* Benedicite, *et la femme la plus âgée prélève sur les parts celle qu'on destine à Callista.*) — « Prenez, ma sœur, et que ces agapes soient l'emblème de la charité qui nous unira désormais. » — (*Cette scène doit être calme : tout le monde apporte son mets ; la modestie et la retenue se font voir... On mange sans empressement.)*

CALLISTA *mange quelques bouchées (et tout entière à son objet).*

Mon père, où est le Seigneur ? (*On entend des clameurs.*) (*Callista joignant les mains.*) Mon père, votre retraite est découverte... vous tomberez entre leurs mains.

CÉCILIUS.

Mon heure est arrivée, ma fille, je veux aller bénir les vierges ; si l'on m'entraîne, priez pour moi.

SCENE II

(*En dehors on voit* GURTA *menaçante*).

GURTA

Je l'ai trouvé le repaire des chrétiens. J'irai les dénoncer aux magistrats... Viens donc, belle Callista, défendre de mes griffes tes jeunes servantes, que tu abandonnes à la merci des loups et des scorpions... Je veux te faire rougir devant elles.

SCENE III

(*Toujours en dehors.*) CALLISTA *est sortie de la crypte.* JULIA, GURTA.

JULIA.

Ne vous troublez point, noble Callista, ce n'est pas moi qui ai amené cette femme. C'est elle qui m'a montré cette crypte ; mais je ne vous trahirai point, ni vous ni les vôtres... Seulement, laissez-moi par pitié vous adresser quelques paroles : Agellius a confessé comme vous qu'il est chrétien, et peut-être à cette heure est-il dans l'arène : c'est votre frère qui m'envoie vers vous... son désespoir est grand. Vous êtes son seul bien ! Ayez pitié de lui-même.

CALLISTA

Agellius a confessé sa foi !

JULIA

Comprend-on qu'après avoir fait des statues, vous refusiez de les adorer ?

CALLISTA

J'ai trouvé celui que j'aime ; auparavant je ne connaissais pas le véritable amour !

JULIA

Pour vous qui êtes libre, le véritable amour, c'est votre frère, le seul être qui vous soit dévoué.

CALLISTA

Je n'ai plus ni frère, ni amis ; j'ai mon Jésus, le puissant roi du Ciel.

JULIA

Et Jupiter, terrible avec la foudre, que devient-il pour vous ?

CALLISTA

Il n'y a qu'un seul vrai Dieu qui n'a qu'un seul vrai fils : je suis à lui, il est à moi.

JULIA

Allons, laissez là votre Dieu, et jurez par le génie de l'empereur...

SCENE IV

JULIA, GURTA, JUBETTE *restent en dehors*; *une foule s'ameute et demande à grands cris :* Cécilius, Callista.

CALLISTA (*s'avançant résolûment*).

Me voici !

JULIA (*revenant à elle*)

Adorez Jupiter, ou vous êtes perdue !

CALLISTA

Je ne reconnais qu'un Seigneur, le roi des rois, et le maître de toutes choses.

JULIA

N'avez-vous rien à dire à ces filles, qui ont été vos élèves dans les beaux-arts, et qui pleurent de vous avoir deux fois perdue.

CALLISTA (*aux filles qui l'ont suivie*).

Oh ! puissent-elles me suivre dans l'éternel séjour ! Allez toutes, demandez au pontife le petit livre qu'il m'a prêté... J'y ai trouvé le chemin qui conduit à la vie ! Ensuite vous direz à Cécilius de vous baptiser au nom du Père, du Fils et du Saint-Esprit. Vous entrerez alors dans l'assemblée des fidèles ; le Ciel s'ouvrira pour vous, et ces voiles plus blancs que la neige deviendront un symbole... Vos âmes, blanches aussi, s'envoleront comme des colombes, et vous suivrez l'agneau sans tache partout où il ira... Vous serez les épouses choisies... Venez, suivez-nous... et volons au martyre. (*On entend des cris.*) L'heure est venue !

JUBETTE

Ne m'abandonnez pas. Je vous suivrai... Entendez-vous ces cris... Gurta nous a dénoncés...

CALLISTA

Mon père, ayez pitié de cette fille ; elle croit être des nôtres, ayons courage !... Laissez-moi vous précéder. (*Aux vierges*) : Venez toutes, le martyre est un baptême. (*A l'assemblée*) : Et vous qui m'avez reçue dans votre sainte assemblée, qui avez partagé avec moi le repas mystérieux... allons mourir. Les anges nous recevront... Je les vois ; oh ! quelle troupe brillante ; ils descendent avec des palmes et des couronnes. Clara, douce amie ; c'est toi qui as prié Jésus pour ta maîtresse, la pauvre Callista, qui devient aujourd'hui l'élue de Sion, l'épouse de son Dieu, la plus indigne de ses épouses !

SCENE V

Les précédentes, GURTA, JUBETTE

GURTA

Je vous emporte... Vous n'irez pas en paradis, mon maître ne veut pas... Oh ! les chrétiens abominables... il faut les exterminer.

JUBETTE (*se jetant dans les bras de Callista*)

N'y touchez pas, ma mère, ayez pitié de vous et de nous !

GURTA

Apprends, fille imprudente, que je puis vous réduire en poudre.

JUBETTE

Qu'avez-vous fait de ma sœur Aglaé? Elle devrait être ici?

GURTA

Que les furies s'emparent d'elle... elle est chrétienne, je le sais.

JUBETTE

Retournez dans les bois; vous faites peur à Callista et au bon père Cécilius.

GURTA

Et si d'un coup de ma baguette je faisais fendre la terre?...

JUBETTE

Mon Dieu, ayez pitié de nous!

GURTA

Ah! tu dis : mon Dieu! (*Elle prend un vieux pot et le lui jette à la tête.*)

JUBETTE (*parant le coup*)

C'est le sort, c'est le sort! Je sens bien que j'ai un sort! O mon frère! ô ma sœur Aglaé! ô Callista! délivrez-moi!

SCENE DERNIÈRE

(*On voit un jeune enfant qui se précipite dans le souterrain.*)

FIRMINIUS

Laissez passer le petit Firminius; il ne veut plus de l'école; il ne veut plus des faveurs d'Ariston; il a vu une maison plus belle, où il trouvera toutes sortes de richesses! (*A Cécilius.*) Vous êtes mon père, emmenez-moi. (*A Callista.*) Belle dame qui m'avez protégé, souffrez-moi à vos côtés... je vous précéderai... je vais plus vite : voyez comme je sais courir. (*Il court.*)

GURTA

Vile poussière !

JUBETTE

Dieu ! sauvez-moi ; pardonnez mes égarements funestes.

CALLISTA

Le Ciel s'ouvre... je vois Jésus, le fils unique de Dieu... Je meurs !

(La toile se baisse).

FIN DE CALLISTA.

Douai. — Imprimerie Dechristé, rue Jean-de-Bologne, 1.

www.ingramcontent.com/pod-product-compliance
Ingram Content Group UK Ltd.
Pitfield, Milton Keynes, MK11 3LW, UK
UKHW012301240726
13966UKWH00004B/1535